목요시선 2022 겨울

겨울길 따시게

겨울길 따시게

초판 1쇄 인쇄일 2022년 12월 10일
초판 1쇄 발행일 2022년 12월 20일

지은이 권용욱 김순아 문학철 박윤규 유영호 이병길 이지윤 정영숙 주미화
펴낸이 양옥매
디자인 송다희 표지혜

펴낸곳 도서출판 책과나무
출판등록 제2012-000376
주소 서울특별시 마포구 방울내로 79 이노빌딩 302호
대표전화 02.372.1537 **팩스** 02.372.1538
이메일 booknamu2007@naver.com
홈페이지 www.booknamu.com
ISBN 979-11-6752-226-9 (03800)

목요시선 2022 겨울

겨울길 따시게

권용욱

김순아

문학철

박윤규

유영호

이병길

이지윤

정영숙

주미화

책과나무

단도직입(單刀直入)

생각과 분별과 말에 거리끼지 않고 진실의 경계로 바로 들
어감

시는 삶에 대한 주관적 느낌[情緒]으로 경계를 허물
어 '단도직입(單刀直入)'하려는 말하기이다.

"열 길 물속은 알아도 한 길 사람 속은 모른다."라는
말이 있다. 사람은 경계 속에 갇혀 있기 때문이다. 남의
속을 짐작할 수는 있지만 있는 그대로 들여다볼 수는 없
다. 심지어 신이라 하더라도 사람의 속을 들여다볼 수
는 없다. 자신만이 자신의 속을 들여다볼 수 있다.

하지만 그마저도 왜곡 없이 들여다보기는 어렵다. 왜
그런 걸까? 마음인 내가 마음인 나를 들여다보려는 순
간, 아니 동시에 '나'는 주체가 되는 나[마음]와 대상인
나[마음]로 나누어지기 때문이다. 둘 사이에 경계가 생
겨서 둘 다 경계 속에 갇히기 때문이다.

시를 쓰는 것은 허물 수 없는 경계를 허물기 위해 온
몸으로 부딪히는 언어의 단도직입이다.

시선[詩選]

"자네는 취미가 뭔가?"

"술 먹는 것."

"혼술은 아니지?"

"당연한 말씀. 동료랑 술 한잔하며 상사 오징어 다리로 씹고, 오돌뼈로 씹는 재미도 없으면 한세상 어떻게 건너가겠는가?"

나름 일가를 이룰 때쯤이면 진지하게 말을 나눌 사람이 주위에 얼마나 될까?

좋은 시 골라 담는 날이면[詩選]

문경에서도(이젠 영천인가), 하동, 부산, 창원, 울산에서도 걸음 가볍게 양산에 온다.

빈 의자로 남다   정영숙

중년을 앓다   주미화

가을은 온다

권용욱

속내 감추고

어쩌다 왔다 가는 생,

여여한 그 뜻을 훤히 알까마는

보채도 공한 제자리,

부처는 산중에 공염불이고

닥친 시절도 읽어 내지 못하는데

턱없는 삶의 허울로 일그러진 세상,

여태 고르지 않지만, 나는

내 기억의 관성에 붙어산다.

권용욱

2014년 《시와소금》 시조, 2016년 《포엠포엠》 시 등단. 시집 『작곡 이전
의 노래』.

E-mail: 2bfr2@naver.com

공원에서

하얀 개
한 마리가
사람을 끌고 간다

가로수 밑동마다
오줌을 찍, 까린다

바지춤
지퍼로 막은
그 노인이 잃어버린

위양지

발 벗고
기왓담 너머
배롱꽃을 넘보다

왔다 가는 길이라
중문은
열어 둔다

완재정 암막새 아래
낙숫물 듣거나
말거나

고당봉

그대 말 높은 터라
듣자니 땀이 난다

시옷 자 갈림마다
행려 방편 서 있는데

잔설에 기웃거리는
진 발바닥 툭툭 떼고,

그대 말 다 알기까지
등짐도 못 내릴 거

입 없이 굳은 바위
먼발치 적정인데

심중에 울렁거리는
통연함이 가쁘다

겨울길 따시게

장마

땅 치며
울어 본 적
잊고 살던
그녀가

타래 정(情)
하늘 믿고
나날이
풀어낸다

긴 얼굴
맑게 씻으며

빈 자배기
동당대며

사리암

내가 있어 좁은 공간 내만큼 어두운 땅

바람이 내게 걸려 살 가르고 넘어져도

처연한 이 몸 부피는 고뇌 한 번 않는데,

산에서 건너보면 끝 간 데 산뿐이다

두 눈만 부릅뜬 채 나반존자 염불도

굴법당 걸신이 되어 하산조차 못 하는데

가을 늬우스

길도 없이 바람에
치달리는 낙엽들

밟으면 젖은 껍질
비린내가 솟친다

개나리
철없는 한 촉
응달에 무얼 하나

가을은 온다

어제 같은 아침이 반성도 없다
겨우 배 채우고 땀만큼 물 마시고
계곡물 어스름 녘에
남은 몸 숨겨 논다

손발이 느린 사람, 노래를 버린 사람
하루치 담배 한 갑 그늘에 죄 사르고
몸 안이 더 후터분한
이 시절을 견딘다

여름아 부디 가라, 젖니 빼듯 물러가라
네 온 길 말아 쥐고 네 갈 길 쓸고 가라
가을은 오고야 말 것
우수수 헌 잎 지고

키 큰 미루나무 가늘고 긴 가지는
이파리 달지 않은 빈 계절이 더 낫다

겨울길 따시게

한 가림 벗어난 날에

음지도 사라질 걸

고공시위(高空柿位)

얼굴이 붉은 것은 하늘에 대거리다
한 석 달 우기다가 심장을 터뜨릴까
바람에 욱은 맨살로
마른 꼭지 앙글고

장대도 닿지 않는 우듬지 벼랑 위에
액 막음 조롱처럼 마지막 불살처럼
세상을 똥구멍으로
하대하며 버틴다

꽃자리 덜 여문 채 바닥에 동댕이쳐
개똥처럼 짓밟힌 낙과의 벗을 위해
체불된 계절의 임금
끝장내는 그날까지

저 홀로 높이 남아 까치도 피해 간다
쳐다볼 아무 없어 제 속살 삭히다가

겨울길 따시게

얼은 뒤 풀린 흙 위에

산화한들 어쩌리

고향에 가면

두꺼운 이파리들
한 켜씩 벗는 계절

벽도산 쇄골 자리
노을 아래 드러난다

산정에
검은 바위들
온통 산을 당기고

오랜지 지금인지
다시 한 폭 수묵화

비로소 나는 안다
기억은 먹이란 걸

내 속에

돌처럼 굳어

눈길마다 번지는

실패를 위하여

김순아

생의 전환점이 되는 한순간이 있다
짧게는 10분, 길게는 10초……
가장 가까운 곳에서 새가 울고 있었다

김순아

경남 양산 출생. 2001년 《한국문인》에 시, 2017년 《시와 사상》에 평론
으로 등단. 시집 『슬픈 늑대』 외, 에세이집 『인문학 데이트』 외, 비평집
『현대시로 읽는 식인(食人)의 정치학』.

E-mail: kimsa0561@naver.com

실패를 위하여

실패가 일용할 양식이고 힘이었음을

고백한다

공채 시험장 면접관 앞에서 밤새 외운 대사를 틀리게

말할 때도

시험지에 쓸 문장의 다음을 연결하지 못하여 눈만 깜

박일 때도

니가 그러면 그렇지

흰 실 검은 실을 번갈아 감다가

실패를 툭 던지며 하던 어머니의 말을 만지작거렸다

사랑하는 사람이 막다른 골목에서 뒷걸음쳐 갈 때도

아무 일자리나 찾아 이력서 칸을 채울 때도

생을 재촉하는 가을비 맞으며

친구와 약속한 장소로 걸어갈 때도

실패를 직감하였다 실패는 나의 인생

그 앞에 무릎 꿇고 기도했다

어쩌면 삶은 실패를 맛보기 위해 존재하는지 모를 일

희한하게도 절망의 끝엔 더 큰 절망이 기다리고 있었다

실패하며 사는 것이 아니라 실패하기 위해 살기로 한다

아무리 성공해 보라는 어머니의 눈빛이 떠오른들

조난 신호를 보내듯 너라는 벽을 탕탕 쳐 본들

절망은 내리꽂히는 비처럼 온 힘을 다해 바닥을 칠

것이고

나는 기어이 실패할 것이다 더 잘 실패하기 위하여

나를 여기까지 끌고 온 실패를 위하여

본적

나는 이 세상에 본적을 둔 주민으로서
출생신고를 했고 혼인신고를 했고 전입신고도 했다
수십 년 꼬박꼬박 세금도 냈다

그런데 어찌 된 영문인가
어느 날 문득 본적이 그리워
인터넷을 검색하니
등록부에서 사라지고 없다

결혼 이전인지
이후인지는 알 수 없고

동사무소에 가
내 본적지를 물으니 눈빛 퀭한 직원이
나는 얼굴도 본 적 없는
남의 조부 묘지를 가리켰다

본적이 없으니

나는 이 세상에 없는 사람인가

이 세상에 없는 사람으로서

세상에 없는 자식을 낳고

세상 끝까지 떠밀려 온 것인가

딸은 본적이 이상하다고 말하는 어미가

더 이상하다고 투덜거리는데

나는 자못 심각하게

그래도 사망신고는 해야 하나 묻는다

아직 딸자식을

본 적 없으나

청년의 희망

좋아하는 것을 열 개쯤 찾아 단어로 써 보세요. 가벼운 순서대로 다시 하나씩 지우고 마지막 남은 단어를 두고 자신이 하고 싶은 일을 구체적으로 적어 보세요. 이런 문제는 잔인해요, 선생님. 그런 걸 물으면 내가 너무 초라해지잖아요, 별자리가 이동하는 걸 보며 생각에 잠기는 걸 좋아한다고 적어도 될까요, 어둠을 보듬고 곤히 잠드는 것이 가장 좋다면 어떨까요, 환한 불빛은 끌 수가 없어요, 나는 습관처럼 스마트폰을 열어요, 카카오톡이나 유튜브를 보면서 낄낄거리죠. 내일은 조금 다른 사람이 될 거라고 믿었던 날 있지만, 다른 사람을 만나는 일에 마음을 쏟는 건 피곤한 일, 아무것도 시작하고 싶지 않아요. 말이 통하지 않고, 내 마음 따윈 어디에도 없는 이곳에서 바라는 일이 이루어질 리 있겠냐구요. 그래도 상상하면 살짝 심란해져요, 눈 감으면 눈동자가 어느 쪽으로 향하는지 궁금하기도 하고. 가끔 스마트폰 표면을 밀다가 길에서 미끄러져 넘어진 사람들에 대해 생각해요, 그 사람들은 선생님의 질문에 어떤 답을 적을까, 게임을 좋아하는 친구가 물었지만, 나는 주변 사람들의 그런 모든 기대가 싫어요

등 뒤에서

하루 중 해가 지는 시간, 골목을 걸어 집으로 가는 길
이었다

등 뒤에서
모르는 목소리가 아는 사람처럼 나를 불러 세웠다

돌아보니 사람은 보이지 않고
저쪽 구석에서 검은 비닐봉지만 부스럭거렸다

누구였을까
나를 부른 소리의 주인은

이 골목에 살다 떠나가는 사람들, 내 인생에 홀연히
나타났다 사라져 가는 것들, 이름 부를 수 없는 막막한
시간을 두드리며 나를 부르는 마지막 목소리였을까.
길을 걷다가 문득 뒤돌아보면, 누군가 내 이름 부르며
이 골목을 서성이고 있다는 느낌. 그 느낌이 쓸쓸한 것

겨울길 따시게

이어서 길바닥에서 주운 비닐봉지를 들고 한참을 만지작거렸다

 언젠가 나도 이런 모습으로 내가 살던 골목에 와 서성거리게 될까, 골목 곳곳에 남은 시간의 얼룩도 나를 그렁그렁 그리워하게 될까

 누가 흘리고 간 검은 비닐봉지 하나를 마음의 깊은 지하에 찔러 넣고, 걸어온 길을 되돌아가 보는 저녁, 나도 이 골목의 흔적처럼 오래전 나를 서성거리고 있을지도

도플갱어

달리는 열차가 잠시 숨을 고르는 지하철역에서

나는 맞은편 승강장. 의자에 넋 놓고 앉은 나를 보
았다

푸른 재킷에 청바지를 입고

어깨에 고동색 가방을 멘 나는

낡고 검은 정장 차림의 후줄근한 나와 달랐지만 분명
나였다

찰나의 순간, 내게서 떨어져 나간 나를 보며

나는 깜짝 놀랐다

오래전에 잃어버린 스무 살의 나이거나

갓 서른에 접어든 듯한 나는

이 세상에 혼자 떨어져 내린 듯 캄캄한 얼굴로

지하도 바닥을 내려다보고 있었다

무엇을 찾는 것일까

숨을 던지듯 말을 던졌으나

말은 안 나오고

곧 열차가 출발하오니 한 걸음 뒤로,

안내방송이 등을 떠밀었다

다시 보니 열차의 창유리에 어룽거리는 내 얼굴

이편 창유리에 필사적으로 들러붙는 맞은편 사람들의 빈 눈들

무엇인가 보고 있지만 아무도 마주 보지 않는 우리는

단 한 번 자기 눈으로 제 얼굴 볼 수 없는

시간의 열차를 타고

저마다 생의 몇 번째 터널로 미끄러져 가고 있는 것일까

오래 묵은 열차의 쇠바퀴 끌리는 소리

철커덕철커덕 이어지는

지하도 밖 세상은 아침일까 저녁일까

이 환한 어둠을 뚫고

가야 할 길은 있는 것인가

겨울밤 아파트

201호 베란다에서 까치가 담배를 피우는 겨울밤이다

301호 고무나무가 쿨럭쿨럭 기침을 하는 겨울밤이다

401호 너구리가 스위치를 끄고 벽에 기대어 잠든 겨울밤이다

501호 곰이 실내 온도 조절기를 누르고 돌아서는 겨울밤이다

601호 고양이가 이어폰을 끼고 막 책상 앞에 앉는 겨울밤이다

701호 커다란 흰 개가 천장을 노려보며 소리치는 겨울밤이다

801호 쌍둥이들이 장난감 총을 겨누며 쿵쾅 뛰는 겨울밤이다

901호 노인이 막 숨을 거두는 거실에 디지털시계 알람이 길게 울리는 겨울밤이다

1001호 젊은 곰이 이중창의 양쪽 고리를 잠그고 오디오를 켜는 겨울밤이다

1101호 여우가 전자기타를 목에 걸고 콘센트에 플러

그를 꽂는 겨울밤이다

1201호 여자가 전력이 소진된 남자의 몸에 손을 어색하게 갖다 대는 겨울밤이다

1301호 재스민과 아이비가 껴안았던 손을 풀고 각자의 몸으로 돌아가는 겨울밤이다

1401호 소녀와 소년이 각자의 스마트폰 속으로 빠져들어 가는 겨울밤이다

1501호 컴퓨터 모니터 속으로 하얀 눈이 푹푹 내려 쌓이는 겨울밤이다

1601호 펭귄이 마우스를 만지작거리며 컴퓨터를 재부팅하는 겨울밤이다

1701호 수달이 TV 화면 속으로 빨려 들어가면서 침 흘리는 겨울밤이다

1801호 돼지가 유튜브 먹방을 보며 손가락을 쭉쭉 빠는 겨울밤이다

1901호 인공지능 로봇이 청소를 하다가 발랑 뒤집어져 배를 잡고 깔깔거리는 겨울밤이다

2001호 창에 붙박여 있던 달이 창백한 몸을 열고 울 것 같은 얼굴로 돌아가는 겨울,

101호 반지하 방에서 두 시가 찢어지는 겨울밤이다

　　　　　　　　　　　　　겨울길 따시게

은빛 늑대

눈을 감아도 떠도 캄캄한 새벽, 천천히 자리에서 일
어나 누웠던 침대를 바라봅니다
내가 죽은 지 꼭 일주일이 지났습니다
아는 사람은 오지 않았습니다

골목은 내가 누군지 궁금해하지 않습니다

빼꼼히 열린 창틈으로 달빛이 들어오네요

냄새가 먹는 밥상 위의 김치
말라붙은 라면 가닥
꿈을 쓰고 지웠던 이력서
숱하게 고치고 다시 쓴 자기소개서 출력물
꿈을 꼬깃 접어 만든 종이학들

아, 저기 아직 내 곁을 떠나지 않은 잿빛 개가 보입니
다 북방 사막의 혹독한 추위를 피해 남쪽으로 이동했다

는 외로운 늑대의 후손, 하마터면 행복해서 눈물이 날 뻔했습니다

　살과 피와 뼈가 뒤엉킨 내 몸에 달빛이 스며들고, 늑대가 흐물흐물 부패해 가는 몸뚱어리에 혀를 갖다 댑니다 아름다운 흰 뼈는 가죽을 찢어야 만져진단다, 부드러운 혀로 내 가죽을 정성껏 핥아 뼈를 발라내고는 더러 어긋나고 뒤틀린 뼈들을 한곳에 모아 놓고 노래를 부릅니다 사슴과 방울뱀과 까마귀, 모래 속에 사는 곤충들, 까마귀나 독수리들이 물어다 놓은 온갖 뼈들을 모아 놓고 사막의 달빛 아래서 춤을 추었다는 로바의 여인처럼

　어둠이 이렇게 포근했던가요, 묻는데 아으으, 늑대의 울음소리가 흘러나옵니다 한차례 회오리바람이 지나가고, 나는 발끝에 힘을 주어 창틀로 훌쩍 올라섭니다 긴 갈기가 잔바람에 흩날리며 은빛 속눈썹이 파르르

떨립니다

　다시는 사람으로 태어나고 싶지 않습니다 사람으로
태어나도 사람이 사람으로 보이지 않는 이곳에서, 나
를 사람으로 아는 사람은 아무도 없을 테지만

미래가 두렵다

창문을 열면 나와 앉은 그가 보였다
그보다 먼저 나와 앉은 벤치가 보였다

날마다 그 자리에 나와 하염없이 앉은 그를 보는 것
이 좋았다
그보다 먼저 나와 누군가를 기다리는 벤치가 좋았다

그가 앉았던 자리에 꽃을 앉히고
그늘이 앉았던 자리에 햇살을 번갈아 앉히고

어깨를 축 늘어뜨린 채 밤이 와도
새벽의 그림자가 엉덩이를 걸치고 앉아 오들오들 떨
다가 가도

그저 고요하게
기다림에 열중해 있는 벤치를 보면 왠지 코끝이 시큰
해진다

그러나 그보다 더 좋은 것은

모든 것이 하루도 빠짐없이 반복되고 있다는 것이다

지금도 창문을 열면 벤치에 앉은 그가 보인다

복도에서

19660318 : 나의 생년월일

5-09-738 : 나의 카드 번호

나에게 붙여진 기호일 뿐 내가 아닙니다. 나는 10원 동전이 세상에 나온 첫해에 태어나 500원 지폐가 사망한 그해 시장 골목에서 실종되었습니다

나는 진작에 죽었으나, 나의 죽음을 자각하지 못하고 같은 골목을 끝없이 떠돌고 있습니다

거대한 기업과 키 큰 은행이 근엄하게 내려다보는 이곳에서는 숫자에 따라 밤낮으로 눈이 내리고, 눈이 내려서 누가 흘린 핏자국도 금방 덮이고

사람들은 숫자로 코드화된 기관에서 일하며 30일이 지나면 숫자를 받습니다. 나의 친구들도 모두 기호입니다

매일매일은 고통이지만

우리의 고통에는 언어가 없습니다

　국적을 알 수 없는 나의 아름다운 190000번은 산업
기관에서 일하다 언어와 피부가 다르다는 이유로 고막
이 터지게 맞아 피투성이가 되고, 기관 문턱도 밟지 못
한 나의 사랑스러운 290000번은 커다란 엄지손가락에
이마를 밀린 후, 몸을 빠져나가는 꿈을 꾸다가 이튿날
하수구에서 시궁쥐처럼 버려진 채 발견되고……,

　오늘 또 누군가의 부음이 들려왔습니다. 나는 망자의
전화가 알려 준 지도를 따라 장례식장으로 갔습니다.
왼쪽 문을 열면 냉기가 흐르는 환한 방이 보이고, 오른
쪽 문을 밀면 위패 카드 번호가 끝도 없이 진열된

　긴 복도에서 나는 생몰연대 선명한 나의 이름을 보았
습니다

실패를 위하여　김순아　　　　　　　　　　　　　　47

영정사진 속에서 나는 목이 잘린 채 환히 웃고 있었
습니다. 사람들은 미술관에 온 듯 목 잘린 나의 사진을
관람하면서 엄숙하게 웃고 있습니다. 아아, 여긴 누구
의 살가죽 속일까요, 나는 난생처음 나의 죽음을 타인
의 입술을 통해 들었습니다

겨울길 따시게

깊은 밤, 비에 젖다

문학철

내 속의 나[마음]에게 닿고 싶다.

언어의 칼날로

허물어지지 않는 완고한 벽[경계]을

꿰뚫어

시의 심장에 닿고 싶다.

문학철

1981. 『白戰』 동인. (전) 《주변인과문학》 편집주간. 시집 『그곳, 청류동』
외, 장편소설 『황산강』, 시감상집 『관광버스 궁둥이와 저는 나귀』.

E-mail: pencil57@hanmail.net

다투고 나서

저녁 퇴근길이 어둡다던 말이 떠올라
편한 옷으로 갈아입고
어둑하니 조용한
솔잎 소복소복 내려앉은 무풍한송길
바람 춤추어 더 서늘하고 깊은 솔숲길
걸어, 청류동에 왔습니다.

토닥토닥
군소리하던 게 엊저녁,
쌀쌀한 표정 만들며
찻집 정리 다 끝내 놓고 말없이 나섭니다.

키 큰 소나무 서로 어깨 손 얹어
앞장서고, 뒤따라오고
청류동천 흐르는 물은
천 년 전이나 지금이나
아직도 재잘재잘

어린애로 장난치며 새롭습니다.

걸어 내려오는 길

물속처럼

깊고 아득하기만 한데,

따뜻한 손이

내 외투 주머니 속으로

슬그머니 들어옵니다.

인적 끊어진 숲속

밤새는 숲으로 깃을 치며 깃들입니다.

토닥토닥

약 부작용으로 손바닥, 발바닥 피부가 얇아져
혼자 걷지를 못하는 아내
화장실에서 업어 침대에 내려 주는데

"내가 가벼워서 그나마 다행이제?"
"응, 솜사탕인가?"

몇 달 사이에 키가 5㎝나 줄었다.

"올 한 해 훌쩍 가서
약 안 먹어도 되는 새해가 되었으면"

새해 첫날 아침에
또 다른
새해 첫날 아침을 기다리며
간절한 마음으로 기도한다.

조금, 걸을 만해서

토닥토닥 또 싸웠으면

묵어 깊은 맛

매운 건 입에 대지도 못하는 아내가
최저 시급 직장에서 퇴근하며
양념 범벅인 시뻘건 김치를 갖고 왔다.

전원 마을 부잣집 마님이 손수 담근 거래.
매운 것 못 먹는다고 했더니
영감 입도 생각하라며.
다른 김치보다 먼저 먹으래.

김치에 온갖 것 다 넣어서
지금 맛있는 거래.
오래 두고 먹는 김치는
별 양념하지 않잖아.

묵은김치는 양념 적은 담백한 것이라야
깊은 맛이 나는 거야.
사람도 만나서 금세 달달하게 친하면

결국 오래 가기 힘들어.

늘 먹는 것은 맹물이야.

오래 묵은 친구 생각해 봐.

우리 각시 시인이네.

아직도 각시야?

할배 눈에는 그렇게 보여?

응, 아직 콩깍지 벗겨지지 않았고

찌짐도 잘 발라져 있어.

부처님 오신 날

오늘은 부처님 오신 날

언덕 너머 부처님 집
통도사 큰절
사리 밀물 들 듯
구름처럼 송홧가루 피어오르리

오늘은 막재
산속 솔숲 작은 집
잔디밭도 신록도 송홧가루 내려앉아
천지가 노랗다.
노랗게 적요(寂寥)하다.

겨울길 따시게

이 봄에

복숭아꽃 핀 마을엔 새벽놀이 내려앉고
벚꽃 핀 길가엔
흰 구름이 길을 연다.

나무도 온 겨울 건너고 나면
기진하지만
복숭아나무 마음 먼저 내어서
몸 추슬러
새벽 놀을 마을 산기슭에 펼쳐 놓는다.
벚나무도
잎보다 먼저
흰 구름 터널을 뚫어 마을에 닿는다.

늙은 나도
마음 먼저 내어서, 몸 추슬러
봄과 함께 꽃길을 열어 보리라.

깊은 밤, 비에 젖다

입춘 지나 우수 무렵
밤은 깊어 산중 조용하기만 한데
비가 소리 없이 젖어 내린다.

깨어 엎치락뒤치락하다가
냉장고 문을 열고
뒤적뒤적.

'누가바' 하나 꺼내어 껍질 벗기다
문득 떠오른 생각.

이 비 맞으며
젖은 섶 사이에서 서성거릴
어린 고라니 한 마리는 얼마나 추울까.

뜬금없이,
이 무렵 DMZ 매복 들어가

습기 띤 분단 추위로

와들와들 떨던 몸을 떠올린다.

큰형님

오월 끝자락에 알토란 몇 개
마당 한 자리 잡아 묻어 주었더니
무리 지어 쑥쑥 잘 자란다.

먼저 나온 작은 잎이
뒤에 나온 잎줄기 힘껏 키우고
또 뒤따라 나오는 잎줄기
힘껏 키워 토란대 무성하다.

모처럼 들른 아우
"토란은 좀 습한 땅에 잘 자라는데."

"손 많이 가지만
토란 잎이
무성하니 마당 한 자락 덮고 있으면
거기, 큰형님 서 있는 듯
눈길 갈 때 마음 넉넉하니 편해."

늦게 나와 쑥쑥 자란 큰 잎 아래

숨어 있는 작은 잎

토란밭엔

먼저 건너간 큰형님 그림자가 깊다.

파문

고성 바닷가 상족암 바닷물이
원시시대처럼 맑다.

그 시절
나는 티라노사우루스가 아니라
목이 길고
되새김질할 위장이 거대한
채식 공룡이었다.

멸종의 길을 건널 때
생(生)은
얼마나 어둡고 긴 터널이었던가.

마침내 얻은 사람의 삶은
스스로 지울 수도, 새길 수도 없는
기억의 짐 때문에
건널 때마다 그 얼마나 무겁던가.

깨끗한 에너지, 전기만 먹고
마음도
마음대로 비우고 채우는
AI가 부럽다.

마음 한 방울
맑은 바닷물에 떨군다.

구절초

소도둑처럼 커다란 체구에 황소처럼 커다란 눈을 껌
벅이며
우포늪 한켠 언덕배기에 웅크린 어머니 집에서
한국호랑이 한 마리 어슬렁어슬렁 키우는
진짜배기 시인 노창재가

"아~! 행님! 글케 안 봤는데 참 꼬롬합니더."
"와? 뭔 소리야? 누가?"
"행님이!"
"내가 왜?"

구절초 뽀얀 얼굴
씻지 않아도 맑은데

가을비 연사흘
쉼 없이 내리네

씻어서 맑아질 양이면

나도 벗고 맞으리

"이 시 종장 보이소. 참 꼬롬하제."

듣고 보니 그랬다.

선친 산소 오르는 길에 보는 사람 없어도

걸음걸음 다문다문 풀섶 산길 밝히던

구절초 환한 모습이 떠올라 좀 부끄러웠다.

고치고 보니 각운까지 산다.

세상이 뭐라 한들

씻어서 더 맑아지면 맑아진 만큼 좋은 일 아닌가.

구절초 뽀얀 얼굴

씻지 않아도 맑은데

가을비 연사흘

쉼 없이 내리네

씻어서 더 맑은 그 얼굴

풀섶 산길 밝히네

덕분에 선산 오르는 길섶이 환하게 밝아진다.

오늘 하루

박윤규

나에게 와 준 하루가 감사하다

무심코 지나온 시간들이

겨울 햇살에 깨어져 파닥거린다

박윤규

남해 출생. 부산작가회의 회원. 시집 『꽃은 피다』 외. 시작업이후 동인.
한글손글디자인협회 회장. 캘리그라피공작소 '공감' 운영.
E-mail: pyk5050@hanmail.net

붉은 뿌리,
내가 아는 맹그로브 숲

가난이 제 흉한 몰골을 드러내고 길게 자라나 있었어

내가 지나가면 생각 없는 웃음으로 바라봐 준다거나

돌아 엎드려 붉은 엉덩짝을 이빨처럼 드러내 보이기
도 했지

아무래도 이방인인 내게

제 쪽을 눈길 주지 않는다고 소리쳐 불러 대기도 하
였는데

도시는 화려한 불빛 그늘에 숨어 누구도 모르는 사이

맹그로브 어두운 뿌리들이 땅속을 기어 다니고 있었
어 오래전부터

주례동이었던가 개금동이었던가 그 인접한

어느 경계 지역쯤이었는데 하수가 흘러 다니는 시멘
트 바닥

구석에 밀쳐 작은 천막을 두르고 그 안에서 행복 비
슷한 웃음소리가 들리던

그게 하늘미릇길이라고, 용이 승천한다는

가파르고 좁은 길, 찌그러진 외등 하나가 은근히 동
네를 품은

맹그로브 숲을 지나가는 바람 소리였어 그때 그 웃음
소리는

몇 해가 지나고 다시 그곳을 찾았을 때

거대한 크레인이 명령처럼 접근 금지의 굵은 쇠줄을
내려

그 맹그로브나무 사이로 불던 바람도 사라져

다시는 지지 않을 8월의 태양만이 동네 구석구석 끓
어오르고 있었어

검은 물 흐르던 우리들 가난의 성지는 어딜 가고

낡고 찢어진 천막들만 무슨 승전의 깃발처럼 펄럭이고

나는 그 맹그로브 숲을 잊은 적 없지

검은 호수 위 삐걱거리는 노를 저어 갈 때 나는 보았어

아주 오래된 가난의 무거운 뿌리들 사이로

홀로 남은 바람 기슭, 노를 저어 갈 때 팔뚝의 힘줄을
세우던 검은 피부의 사내
　사내의 강렬하면서도 슬픈 눈빛 하나가
　어두워지는 붉은 물그늘에 떠 길을 잃고 제자리만 맴
돌고 있는

허공에 날다

새 한 마리 허공을 끌고
어디로 치솟고 있다
보아라, 제 안의 허공과 제 밖의 허공이
저렇게 서로 호응하면서
참 예쁘도록
스스로 허공이 되어 날고 있구나

제 안과 밖에서 헛구름처럼 피어나는
허공을 기꺼워하지 않는다면
그의 날개가 아무리 반짝여 자유로운들
무슨 소용이랴

승소(僧笑)

장산에 있는 미소도량 석태암엘 가면

만초스님이 거기 계신다

점심 공양으로

국수 한 그릇 드시면서

이를 드러내며 환하게 웃는다

괜히 웃는다

일만 만(萬) 풀 초(草)를 쓰신다는데

석양 속에 씨익 웃을 때 보면

해 질 무렵 만(晩) 능소화 초(苕)가 딱 어울린다

천진한 능소화 얼굴

뭐가 그렇게 즐거우신지

입술은 살짝 감아올리고

눈꼬리는 부처님 미소를 빼닮았다

석태암엘 가면

그러게, 시도 때도 없이 웃어야 한다

큰방 차지하고 앉으신

부처님은 뵈어야 하겠지만

기도는 아니 해도 될 것 같다

절집 마당 낡은 철제 그네 옆에

가져온 근심 슬며시 부려 놓고

물소리 바람소리 새소리에 마음 두다가

미소 한 바가지 품고 오면 된다

주워 담을 풍경이라는 게

창에 비친 나를 한참 보고 있는데
거기 내 안에 바람 불고 햇살 비치고
웃거나 햇살처럼 기우뚱 걸어가는 사람들
실눈으로 보는 흐린 저녁
내 안에 이렇게 많은 풍경이 있다니!

나무 푸르게 흔들리고
흔들리는 나무와 나무를 한 호흡으로 건너는 새
그런 풍경의 흔적을 따르다 보니
나는 있으나 없고
울고 간 새의 울음소리만 아득히 남아
그 속을 알 길이 없는데

무슨 일이 일어났던 것인지
도무지 허상의 나를 지워 내듯
실눈을 닫으면
내게 다가왔던 것, 주워 담을 풍경이라는 게
도무지 없고

목욕탕에서

그의 등껍질에 교묘하게 달라붙은

작은 나비 한 마리가

수증기 속에서 그 여리고 파란 날개를 펼쳐

내 눈 앞에서 앉았다 일어섰다 때로는

움찔댄다거나 젖은 날개를 씰룩거리기도 하는 것인데

어느 하늘이고 도무지 날 수 없는

그러나 죽어 있는 것은 아니고

그 처음 보는 파란색의 날갯짓이 신기로워

나도 저런 나비 한 마리 품을 수 있을까

등짝이 아니면 내 가슴속

아…… 내게는 꽃향기가 나질 않아

그에게 나누어 줄 창공도 내 가진 바 없고

내 안엔 먼지처럼 붉은 흙 언덕만

켜켜이 쌓인 어둠의 시간뿐이니

할 즈음, 그 사내 힐끔 나를 돌아보는데

구겨지며 도무지 날 수 없는 그 나비

뿌연 수증기 속으로 나는 아픈데

이렇게 궁핍한 허기나 올라오는 것이

구라중화(九羅重花)

시대가 구라중화로 덮여 있는데 아무도

구라중화를 가까이 본 사람은 없다고 한다

차마 그 속살까지 열어 보며

두근거린 사람은 없을 것이다

비틀거리며 구라중화에게 처음으로 다가가

말을 건다 어떤 위세와 자유가

갈망하는 가치를 조요롭게 할 것이냐고

숲나무 사이로 뜨거운 햇살이 칼날처럼 번득이며

답을 받아낼 순간을 주지 않는다

튼튼하던 하늘에 파란 금이 간다

아픈 눈을 감고 방금 머리를 스쳐 지나간

짤막한 회의가 무엇이었는지 왜 그런

회의가 가슴 아래에서 치밀어 올라와

나는 발갛게 물드는 것인지

치명적일 수 없다면 모두는 무미건조한

상태의 생애를 견딜 수밖에 없는

오리떼가 가파른 물길을 건너 강 저편으로

사라지는 그것이 그다지 평화로워 보이지 않는

이 육중한 꽃의 무게를 마음으로 가늠하며

어디로 새어나간 너의 향기를 찾는다

콘도르 날다

내 안에 가치 있는 것 모두
어떤 두려움조차 사라져 버렸을 때
강한 햇살 사이로
내 눈을 뜨이게 하는 저것

콘도르, 날다

나는 믿고 싶은 것이다
죽음은 거대한 산맥, 그러나 그 위 아직도 시린 하늘
을 날고 있을
저 맑은 영혼
자유가 아니다 자유롭다는
지상의 말로는 드러내지 못할
위엄이고 경건이다 지극한 속죄다

콘도르, 날다

겨울길 따시게

그러므로

내 일상의 상처는 가볍다

가슴 붉은 새여, 바람을 일으켜 이제 곧 그 바람에

너와 나 날개가 꺾일지라도

안데스 고원의 나이 든 봉우리

그 봉우리 마추픽추의 하늘

그리고 엘 콘도르 파사

나는 오래된 시간 속을 걷는다

오늘 하루 박윤규

오늘 하루

허공이 허공에게
사랑을 말한다면
그 사랑이 무엇이겠느냐

아무것도 아닌 것이 아무것도 아닌 것에게
눈물을 주었다면
그 눈물은 또 무엇이겠느냐

세상의 마당 속으로 들어가면
내딛는 걸음마다
묻어나는 비난과 걱정

형체 없는 것들
햇살은 다가와 나를 데우고
바람은 스쳐 나를 흔드는데

텅빈

겨울길 따시게

내 안에

무엇이 잠시 들어왔던 것이냐

물푸레나무를 위하여

물푸레나무 잎 그녀는 노래를 부른다

나를 위해

그녀의 몸에 감춰져 있던 수액이

푸르고 깊은 내음으로 선율을 타고 흐른다

그것은 약간 비릿하게 아직 남아 있는

내 유년의 흐린 기억을 떠올리게 한다

어두운 한쪽 구석에서

끼긱끼긱 마이크 잡음이 감지된다

그녀를 훔쳐보는 내게 아무도 관심 두지 않으니

아마 조명등의 현란함?

검은 물푸레나무 이파리 그림자가 탄성을 지르는

그녀가 불러 대는 노래의 파편

샹들리에는 언제부터 수직으로 흔들릴 줄 알았던 것

인지

나는 참 오래 잠적할 수 있겠구나 물푸레

나무 그림자 뒤에 붙어

나의 시간도 편안해지고

그래, 내 일생이 여기쯤 와서

너를 만나려고 오늘은 해종일 두리번거리며

햇살은 빗금으로만 내리고 나를 부추기며

바람은 사방으로 자꾸 불었던 것이냐

우로보로스

유영호

어둡고 칙칙한 곳에서도

희, 노, 애, 락을 잘 버무려

사람 냄새가 물씬 나는

글을 쓰고 싶은데

유영호

2008년 만다라문학상, 2010년 가오(佳梧)문학상. 2015년 한국비평가협회 명시인 선정, 2016년 한국문인협회 한국시인 대표작 선정. 2022년 대한민국시인대전 항일문학부문 대상. 시집 『혼자 밥상을 받는 것은 슬픈 일』, 『바람의 푸념』, 『불면과 숙면 사이』 외.

E-mail: y11999@hanmail.net

우로보로스

날 때부터 바닥을 기었지만
하늘의 별이 되고 싶었다
굴하지 않고 살았지만
굴곡진 삶은 펴지지 않았다
코끼리도 죽일 수 있는
날카로운 이빨을 가졌어도
날아오르기는커녕
한 걸음도 걸을 수 없었다
한때는 나뭇가지 붙잡고
조금 높이 올라간 적도 있었다
아래를 내려다보며
거들먹거리기도 했지만
한계는 우듬지까지였다
기력이 쇠진해 떨어진 세상
예전 살던 곳이 아니었다
아무리 애를 써도
밥 한 숟가락 얻기 힘들었다

겨울길 따시게

뱃가죽이 달라붙는 허기에
꼬리 한마디를 잘라먹었다
허기가 가시니 통증이 몰려왔다
고통이 잦아드니
다시 허기가 고개를 들었다
또 한마디의 꼬리
잠시의 포만감 뒤에 고통
그렇게 그의 꿈은 점점 멀어졌다.

우로보로스   유영호

위양지*의 봄

위양지 이팝나무가

고봉밥 지은 것을 보니

봄이 지나고 있군요

이맘때 먹을 수 있는

이 밥 한 그릇이라면

중년의 고단한 배와

헛헛한 마음까지도

든든하게 다독거리겠지요

들판을 건너온 바람이

늘어진 왕버들 가지를

곱게 빗질하고

쌀밥으로 배를 불린 물결은

졸음을 이기지 못해

기댈 어깨를 찾고 있네요

해마다 오월이 오면

밥 먹으라 불러 주시던

그리운 엄마 목소리가

겨울길 따시게

완제정* 담장을 넘어오네요.

* 위양지: 밀양시 부북면에 있는 저수지
* 완제정: 위양지에 있는 정자

노숙자-4

역 광장을 떠돌던 김씨가
지하도를 떠났다
따뜻한 집에서 밥 한 그릇 먹는 게
소원이었다는데
그 소박한 꿈도 마침표를 찍었다

아직 생의 끈을 잇는 이씨
엊그제까지 함께 소주잔을 비우던
김씨와의 이별보다
달라붙은 위장에서 들리는
아우성을 달래는 게 더 절실하다

비빌 언덕은커녕 혈혈단신이라
가정은 꾸려 보지도 못했고
음식 배달에 막노동에
염전에서 노예처럼 일하며
할 수 있는 건 다 해 봤었다

평생을 헐떡거렸지만

단 한 번도 허리 펴지 못하고

늙고 병든 몸뚱이는 이제

일자리에게조차 버림받아

거리로 등을 떠밀렸다

코로나가 쳐 놓은 촘촘한 거미줄은

일주일에 한번 열었던

급식소 문조차 막아 버렸고

가끔씩 몸을 녹이던

역 대합실도 손사래를 친다

지하도 한 모퉁이

박스 조각 아래 웅크린 애벌레

따뜻한 국물 한 숟가락이 식도를 넘는

소박한 꿈을 쩝쩝거리며

오늘도 허기진 잠을 청한다.

짜장면

짜장면은 어린아이부터 노인까지 좋아하는 음식이다
짜장면을 자장면이라 부르라던 때가 있었지만
짜장면을 자장면이라 부르면 왠지 맛이 없을 것 같아
일부로 힘을 주어서 짜장면이라고 부른다
내가 처음 짜장면을 먹던 날
이것이 이 세상에서 제일 맛있는 음식이라 생각했었다
그렇게 맛있는 짜장면을 먹지 못해 슬펐던 기억이
있다
국민학교 졸업식 날,
친구들은 가족들과 꽃다발 들고 사진을 찍으며
웃음소리로 운동장을 가득 채웠다
졸업식이 끝나고 선생님과 작별 인사를 한 후
친구들은 상기된 얼굴로 의기양양하게 중국집으로
가고 있었다
그러나 나는 그날 아무도 학교에 오지 않았다
졸업장을 둘둘 말아 쥐고 터덜터덜 집으로 오는데 눈
물이 났다

어쩌면 그날 내가 울었던 것은

가족들이 아무도 오지 않아 슬픈 게 아니라

맛있는 짜장면을 먹지 못하는 게 더 서러워서였다

볼을 타고 줄줄 흘러내리던 눈물은

그날 내가 먹지 못한 짜장면의 면발이었다.

아저씨

배우 원빈처럼 젊지도 않고
잘생기지도 않았으며
나쁜 놈을 때려잡는
싸움 실력은 더더욱 형편없다

그러나 불러 주기만 하면
언제 어디든 달려가서
더러운 일 힘든 일도
마다하지 않는 맥가이버다

한때 잘나가는 회사원이고
교사이고 사장이었지만
세상 풍파에 뒤집혀진 삶이
순식간에 이름을 바꿔 버렸다

한 삽 퍼내는 흙덩이만큼
신음 소리가 구덩이를 메우지만

머뭇거림과 작은 실수에도
토막 난 말이 사정없이 달려든다

옆에서 부르는 소리에도
알량한 자존심은 머뭇거리지만
허기진 주머니가 먼저 알고
큰 소리로 대답을 해 버린다

아내의 밥상이 고단함을 달래고
소주 몇 잔을
진통제처럼 털어 넣어야 잠드는
그는 일용직 노동자다.

흰 눈썹

외출 준비에 머리를 감고

거울 앞에 섰다

내가 내 얼굴을 보는 일이 드물어

천천히 들여다보니

하얀 눈썹 몇 개가 도도하다

마음이 거북해 뽑아내려고

족집게를 찾았지만 보이지 않고

손으로 제거하려니 저항이 드세다

몇 번을 시도했지만

미꾸라지처럼 요리저리 비켜 가고

애먼 검은 털만 몇 개 뽑다가

시간에 쫓겨 포기했다

자동차를 타고 가면서도 자꾸

룸 미러에 비친 놈에게 눈길이 간다

가늘고 부드러운 놈이

산전수전 공중전으로

철판보다 두꺼워진 내 면상을 뚫다니

겨울길 따시게

그 능력이 울트라 썬 파워

너의 강인함에 경의를 표한다.

기억-4

내가 처음 기차를 탄 건 언제였던가
깨진 유리 조각 같은 기억을 모아 본다
국민학교 6학년 수학여행
그날 영등포역 대합실은
호각 소리와 아이들 웃음소리가 뒤엉켜
역 건물조차 들썩거렸다
의자가 세로로 놓인 객차는
콩나물시루처럼 비좁고 무더웠다
기차는 충분이 느렸고
역마다 다 들러 간섭을 하는 듯
몇 분, 혹은 몇 십 분을 서성거렸지만
들뜬 웃음은 기차완 상관이 없었다
그 틈을 용케 비집어 가며
계란이나 사이다를 팔던 아저씨도
소란에 한 몫을 보탰다
여행비는커녕 육성회비도 짐이었던 아이는
선생님께서 털어 주신 주머니 덕에

겨울길 따시게

겨우 기차를 탈 수 있었다

신문지에 둘둘 말린 김밥 석 줄은

몇 정거장 가기 전에 동이 났고

주머니 속에 20원은

계란 장사가 수없이 지나갔지만

끝내 나오지 못했다

구겨진 채

어머니에게 돌아갔던 그 돈은

그때 우리 집의 전 재산이었다.

번역

가로 20 세로 30센티
24시간 365일
해가 지지 않는 집
돌아앉을 수도
기지개 한 번 펼 수도 없는 방에
그들이 산다

꼬끼오 구구 구구
(번역) 밥 줘라 18 18

꼬끼오 구구 구구
(번역) 알 낳았다 18 18

꼬끼오 구구 구구
(번역) 졸립다 18 18

꼬꼬댁 꼬꼬
(번역) 죽여라 제발

같이 가고 있었구나

이순(耳順) 넘은 나이를 생각하며

가는 세월만 탓했었다

남들은 다 멈춰 있는데

나만 혼자 달리는 줄 알았었다

그러던 어느 날 들리는

손자의 중학교 입학 소식에

자식들 나이를 가늠해 보니

아, 어느덧

내 아들딸도 불혹(不惑)을 넘겼구나.

겨울 길 따시게 꽃등 비추다

이병길

늘 詩時하다.

詩作은 늘 時作에 머물고

오늘은 時와 詩 사이 징검다리를 걷는다.

이병길

시인, 지역사연구가. 울산민예총. 울산작가회의 회원. (전) 《주변인과
시》, 《주변인과문학》 편집위원. 저서 『영남알프스, 역사 문화의 길을 걷
다』, 『통도사, 무풍한송 길을 걷다』 외.

E-mail: gil586@naver.com

태풍 난마돌이 가고 나면

창문 단속하듯 꼭꼭 긴장을 걸어 잠근다
살면서 태풍 같은 일 어디 한두 번이었겠는가

성낸 바람 온몸 휘감고 달려들면
거목은 나뭇잎과 가지 몇을 '옜다' 하며
바람에 던져 주어야 한다
잔가지까지 움켜쥐려 한다면
난생처음 뿌리는 하늘을 보고
쓰러지면 스스로 일어나기 어렵다

제 무게 감당 못 한 구름비
질주하며 낮은 곳으로 달려가고
걸림이란 모든 것 휩쓸고
바닥 속 뒤집힌 하천은 황토물이다
난마돌이 가고 나면
언제 그랬냐는 듯 온순히 흐르는 물
그 아래 갓 목욕하고 나온 자갈

먼지 없는 하늘 내리비친다
가끔은 뒤집혀야 온전함이 되살아난다

난마돌에 잠근 마음 풀어놓으며
태풍보다 먼저 누웠던 들풀
바람결 따라 허리 꺾였더라도
진액으로 제 몸에 매듭짓고
햇살 향해 자존심 고개를 쳐들며
잔잔 따뜻 바람 즐기고
겉살 속살 스며든 상처 보듬고
거친 들녘에 꽃 피고 열매 내놓는다
작은 옹이 하나로 꽃향기 더 진해진다

언양읍성 논길에서

눈부신 논두렁
가을이 걸어간다

바람결에
벼 익어 가는 향긋한 냄새
한 땀 한 땀 수놓은 논두렁
들국화 코스모스 손짓한다

논길에서 만났던
메뚜기 어디로 갔나
논 웅덩이에 모였던
미꾸라지 붕어는 어디에 숨었나

읍성 논길에
추억이 사라진 것이 아니라
보지 못할 것들이 더 아쉽다

보고 싶다

쑥 마늘 먹던 곰 호랑이

그립다

방아개미 놀이하고

메뚜기 잡다 꿰맨 고무신 벗겨진 그 아이

수운 최제우 선생,
용천검을 다시 들다

가련하다 가련하다 이내 나라 가련하다
세상 사람들아, 지금 아니하면 언제 하리
괴질운수 다시 오니 개벽해야 않겠는가

개 같은 왜적 놈, 식민 근성 심어 놓고
힘센 대국, 남과 북 찢어 놓고
가련하다 가련하다 이내 민족 가련하다

동포끼리 총질하고 눈 부라리고
자주다 사대다 말쌈에 입 거칠고
원수보다 더 원수로다 이내 동포 원수로다

총칼 든 독재자, 맨주먹 타도하고
노동자 농민, 세계 부국 이룩하고
죽음과 피땀 위에 세운 나라
장하도다 장하도다 이내 사람 장하도다

기미만세 몇 해였나 해방광복 몇 해던가

분단민족 몇 해던가 독재국가 몇 해였나

묵은 괴질 안 치운 지 몇 해였나

이 눈치 저 눈치 눈치 보다 하세월 얼마였나

용천검 빼어 들고 휘두르고 휘둘러

식민 잔재 베어 내고 분단 철망 걷어 내고

독재 유산 쓸어 내고 묵은 괴질 처단하고

때로다 때로다 이때로다 이때로다

세상 사람들아, 지금 아니하면 언제 하리

괴질 난무하니 개벽해야 않겠는가

때로다 때로다 이때로다 이때로다

괴질 난무하니 개벽해야 않겠는가

나는 죽음을 먹고
산다

나는 하루라도 죽음을 먹지 않고서는 살 수 없다

쌀, 보리, 나물, 마늘 그리고 콩⋯
소, 돼지, 고등어, 꽁치, 조개 그리고 멸치⋯
매일의 양식은 죽음의 진수성찬

내 입에서 죽음의 냄새가 난다

온전한 시신으로 내민 생선은
빤히 내 몰골을 바라보고
경건한 자세로 뼈와 살을 깨끗이 바르며
죽음을 보듬고 되새김질하는

내 몸은 너의 무덤이다

너의 죽음은
허리, 가슴, 배에 무덤을 만들고

　　　　　　　　겨울길 따시게

부활을 꿈꾸는

은밀한 샘을 채우는

내 몸은 썩은 시신 속에 핀 꽃이다

썩는 냄새가 곧잘 나기도 하는 내 몸

죽음 속에서

죽음에 의지하여

나를 살게 하는 것은 너의 죽음이고

나의 종착역도 죽음,

너는 나의 죽은 노동을 먹고 산다

통도사 부도원 석종

처음에는 그저 그런 돌이었을 것이다
어느 날 석수장이 바위 깨뜨렸을 것이다
모난 돌은 정 맞고 탁한 아픔을 내질렀을 것이다

얼마나 깨뜨렸을까
정과 돌은 석수장이 손놀림 따라
점점 정분나듯 석 달 열흘
원융해지며

강은 점점 낮게 흐르고
산은 점차 붉게 물들었고
마침내
데엥뎅 울리는 종이 되었다

어느 바람 맑은 날
가부좌 튼 노스님이 들어앉았고
그 후로 비바람 불고 햇살에 눈 녹아

겨울길 따시게

검버섯 이끼는 돌종 옷 되어 갔다
부도원 지나가는 사람들
합장할 때마다
종이 울리기를 기도했다

돌종,
연꽃 좌대 위에 천년 이끼 머금은
화두삼매에 들어간 부도 되었건만
소리를 삼킨 돌이 되었다
종소리는
바람처럼 돌아오지 않았다

그녀가 왔다

행복아파트에 평산댁이 산다

커튼이 드리워져 햇살 감추고
퀴퀴한 냄새 도배된 지 오래
누렇게 익어 가는 밥솥 밥알들
맛과 멀어진 틀니는 어긋나고
점점 귀에서 멀어지는 소리
목마른 화분처럼 입은 바짝 말라 가고

손자 손녀들 재롱으로
웃음꽃 함박 피웠던 365호

사람 체온 슬며시 나간 방
바퀴 달린 의자는 한 평 겨우 넘나들고
누런 물이 종일 가라앉는 앉은뱅이 변기
후회를 기다려 왔던 시간이 종착에 다가오고
인기척으로 문이 열리고 요양보호사가 왔다

살다 보면

때론 낯설은 반가움으로

방이 환하게 켜지기도 한다

눈물 꽃 떨구지 않고

이른 봄날
눈물처럼 떨구어진 동백 아니라
온몸 가득 겨울 보듬고
꽃색 바래 화석이 된
동백을 보신 적 있으신가요

떨구듯 가는 사랑 아니라
선연한 색 바래고 바래도록
겨울 길 따시게 꽃등 비추다
사랑 버리지 않은 사내 같은
통도사 극락암 단하각 동백

서러움으로 사랑을
댕강 잘라 버리지 못하고
미련둥이처럼 그 자리에 멈춰
동백은 혈서를 간직하고
봄날 나비도 찾지 않는

온전한 슬픔은 삼매에 들었지요

그대 걸음걸음에
눈물 꽃 떨구지 않고
그대에게 멈춰
분홍빛 여린 마음 숨기다
다시 겨울 오면 붉은 연서 내미는
극락암 동백을 보신 적 있으신가요

깔딱고개를 넘으며

깔딱고개를 넘어간다
숨이 목 끝까지 차오른다
목숨이다
이 숨은 어디서 왔을까

햇살 팔랑이는 잎사귀 숨결일까
짐승에 쫓기는 기린의 외마디
망나니 칼춤에 갈린 바람
춘향의 애련한 눈빛이 깃든
가을 들녘 감탄한 소리였을까

지구를 몇 바퀴 돌고 돌아
내 목 깔딱깔딱
마지막 숨결 이어 가듯
온몸을 살리는
내 처음의 들숨은
어머니의 날숨이었으리

어디선가 부패하는 것들과

아마존 악어 날카로운 이빨 사이의 하품과

티라노사우루스의 여운이 깃든 방귀와

대륙을 호령하던 칭기즈칸 말의 거친 숨과

수양제와 싸우던 고구려인 함성

23만 킬로미터를 달린 낡은 차의 배기가스

내 들숨은 누군가의 날숨 하나가 아니었으리

내 몸 한 바퀴 돈 날숨은

깔딱깔딱

누구의 숨결을 뒤흔들까

엄마의 밥상

엄마 밥은 고슬고슬하다

반찬 가운데 맛 깊은 된장이 있는

엄마의 여름 밥상은

텃밭에서 갓 따 온 풋고추, 상추 가득하다

자글자글한 손으로

간단히 소금으로 간한 오이무침

아삭함이 치아에 닿는다

저 김치통은

몇 번이나 열었다 닫았다 했을까

엄마의 밥상은 멈춰진 시계

환갑 접어든 입맛은

구순이 가까운 엄마

집에만 가면 늘 고전에 머문다

내 시린 청춘의 시간이여

이지윤

햇살 한 올, 풀 한 포기,
바람 한 줄기와 함께
아침을 눈뜨고 싶다.
오늘도 나의 시는
나의 여린 생을 붙들어 줄 것이니.

이지윤

경남 합천 출생. 《문학세계》 등단. (전) 《주변인과 시》, 《주변인과 문학》
편집위원. 부산작가회의 회원. 시집 『나는 기우뚱』.
E-mail :jiyun3007@naver.com

반짇고리

장롱 깊숙이 들어앉은 너를 깨워
무얼 그리 해야 할 일이 많다고
숨차 쫓아다닌 오늘을 멈춰 세운다

엄마 시집올 때 가져온
낡은 대나무 반짇고리
밤이면 소곤소곤 꽃과 새가 눈짓을 주고받고
지창에 별들은 기웃기웃
울 엄마, 이불 홑청 기울 적에
맞은편에 앉아 꾸벅 졸면서 그 모서리 당겨 주던
기억은 죽순처럼 차오르는데

깊어 가는 밤, 도수 높은 돋보기 하나 쓰고
지창은 아니더라도 꽃과 새, 별들 불러 모아
나는 지워진 시간의 강을 건넌다

무슨 생각으로 예까지 오긴 왔는데

돌아보니 삐뚤삐뚤 흩어지고 구겨진 길들

이 반백(半百)의 길에 꽃잎 날린다

하얀 무명치마 감싸고 어디 마실 가시던

후박나무 꽃 닮은

그 두툼한 꽃잎 한 뜸 한 뜸 기워 보는

엄마 냄새나는 정갈한 시간

꽃피는 아몬드나무*

그의 흐린 눈동자에

나무 위로 비늘이 돋고 눈발 같은 꽃이 핀다

꽃의 가슴을 열면 거기 노을이 들고

노을은 죽어 하얀 꽃이 된다

떨어진 꽃잎은 새소리를 품지 못해도

창백한 미소를 지우지 않는다

나는 화장을 지우지 않고 오랫동안

건장한 근육을 보여 주는 가지와

생의 끝을 간질이고 있는 아몬드 꽃향내에

취해 있는 중이다 그 꽃물이 흘러

입속에 아련하게도 꽃잎이 고인다

창틈으로 스며든 붉고 아린 바람에

근원을 잃은 슬픔이 버석거린다

그가 떠나고 있는 것일까

다시 봄

떨어질 듯 꽃잎, 간절한 생의 곡절을 접고

새벽 창가에 안개가 차오른다

나는 부활의 꿈을 꾼다

* 꽃피는 아몬드나무: 고흐가 생애 마지막 봄에 조카를 위해 그린 그림

백일홍 엄마

그만큼만 딱 그만큼만
주렁주렁 붉은 그리움 달고서
저녁 바람에 흔들리던
가난한 백일홍 엄마

구름과 구름 사이
바람이 들고 새가 날고
울 엄마 손 뻗으면 닿을 만한
바로 거기

어떻게 지내시나요
조곤조곤 건네 보는 인사말
작은 바람 엄마의 숨결로 살랑대는
딱 그만큼의 거리
가슴 붉은 백일홍 엄마

저무는 해 낮은 그림자

기억처럼 멀어져 가는 노을
어깨를 감싸 안은 채 창가에 앉아
새겨지는 별들 바라보는데

흐려지는 눈 더 가까이
낮은 발걸음 고운 향기로 내게 오는
백일홍 엄마

꽃무릇 연가

지난밤 누군가 피를 흘리며
이 길을 걸어갔을 것이다
핏방울 흘린 자국마다 저리 붉게
꽃무릇 피었다

빗나간 저 그렁그렁한 밀착
나무는 한 장씩 잎을 떼어 내고
발자국마다 차마 감추지 못한 사랑은
처절한 순정의 새벽에 닿아

세월에 묻히기만 기다리라고
이것도 짊어지고 가야 할 업이라고
가르치면서 가르치면서
일제히 출렁이는 붉은 물길

낮달

깃발처럼 허공에 휘날리며

차마 버리지도 못하고 안타깝던

내 시린 청춘의 시간이여

헛됨과 헛됨의 사이에서

흔들리던 발걸음은 흩어지고

자고 나면 아물어 나를 살아 있게 하던

생명의 짙은 향내도

또는 거친 황야를 불어 가던 바람처럼

휘몰아치던 첫사랑의 기억도

이미 다 내어 주었으니

남은 것이라곤 하얀 뼈 하나

맑은 날 너를 위해

온 생애를 하늘에 걸어 둘 것이라

그것이 다시 헛된 기억을 만들지라도

거미

너의 허공은
삶과 죽음이 교차하는
어디쯤
몇 차례의 밝음과 몇 차례의 어둠이
지
나
고
바람이 불었던가
아직도
너는 허기진 광대

여기는
결박의 전쟁터지
서로가 서로를 맛있게
먹어 치우는
맑은 새벽 그렁그렁 매어 달린
반짝이는

희망이여

너와

나는

바람의 늪에 산다

비로 쓰는 안부

나, 그런 사랑 하나 가졌으니

사람이 사람의 말로써
어눌하기만 한 감정의 틈새를
그대로 보여 드리지 못하는 것이야

세상 어느 크고 작은 사랑인들
땅에 젖지 않고
하늘에 젖어들 수 있으랴
사람의 마음과 풀나무의 마음
하늘과 땅을 건너는 새들의 마음을 지나
먼 거리를 흘러 흘러 비로소
하늘에 닿을 수 있는

마음이 마른 꽃처럼 바스락거리는 날
나, 비의 행보를 빌어
그대에게 안부 전하노니

겨울길 따시게

그대 오늘도

안녕하신가

휘청, 새로 생긴 섬

산허리를 감싸는 시린 바람
인연은 어떤 걸음으로
이만큼 건너온 걸까
겨울 햇살에 겨우 숨 튼 어린 잔디
추위라도 좀 덜해질까
까칠했던 아버지의 피부살 같은
봉분에 떼를 입혀 주고
돌아서는 어깨 너머로
인생길 같은 텅 빈 철로 놓였다

흙을 한 줌 더 덮으면
땅속 온기라도 올라와
편한 잠에 드시려나
밤이면 칼바람 지친 민둥산 자락에
수많은 행성들이 오고 가고
어둠보다 더 어둔 슬픔의 두께 사이로
들썩이며 휘청,

겨울길 따시게

또 누군가의 외로운 섬이 놓일 것이고

긴 여행의 마지막
한 차례 밀물과 썰물이 지나간 자리
새로운 아침이 오면
어린 산새 몇 마리 그 섬의 머리맡에 앉아
햇살 따스히 쪼고 있으리

어떤 징후

내 숨죽여 걸어온 시간들이
깊은 그대 눈 속
천 갈래 흔적으로 맺혀 있어

지금은 나의 길을 버리고
그대의 길로 가만히 스며드는 때
사랑은 사람이 내는 일이 아니라
하늘이 내는 일이라고

바람은 짐짓 내색이 없어도
삼라만상을 기운 돌게 하고
햇살은 그 뜨거움 없이도
모든 것의 심장을 데워 주느니

겨울 숲에서도 절망하지 않고
굳은 흙을 들썩이며 돋아나는
고맙고도 눈물겨운 예감

　　　　　　　　겨울길 따시게

빈 의자로 남다

정영숙

기억 상자의 틀 속에서

내 언어의 바늘에 짓눌러도,

치유의 힘은 그곳에만

있었으므로……

정영숙

경남 양산 출생. 2007년 《대한문학》 등단. 공저 「삶의 이야기」.

E-mail: ysjung6297@naver.com

새

바람을 가르며 하늘 날다가
가지 끝에 집을 짓는 새여
너도
안정된 삶을 바랐던 것이냐

가지 끝에 앉아 보면 알게 될 거야
편안히 서 있는
나무도
작은 바람에 크게 흔들린다는 걸

마늘

바람 잘 드는 곳에 매달린 마늘

제 몸에 독이 든 줄 몰랐을까

좁은 망에 틀어박혀

맵고 아린 독설에 짓무른 응어리들

처음부터 한 그물망에 집어넣지 않아야 했다

맵고 아려도 곪아진 건 버려야 했다

등을 대든

마주 보든

상처 난 것은

매운 눈물 뚝뚝 흘려도

서로 맞닿지 말아야 했다

틈

문들이
삐걱거리며 소리를 낸다

다른 무늬
다양한 문양을
짜 맞추어
애써
한 짝을 이루었던
나무 문틀

세월의 비바람에
못이 녹슬고
문틀이
헐거워지면서
삐걱삐걱
다른 길을 내려 한다

겨울길 따시게

뼈를 발라

문살을 만들고

살을 덧대어

나사로 조여도

쉽게 맞물리지 않는

페트병

바람에 중심을 잃고
기우뚱 쓰러진
페트병

주르륵 눈물이 쏟아진다

오래도록 품어 안았던
달콤하고 부드러운 것들
쓰고 달고 짜고 시고
톡 쏘면서
출렁거렸던 것들
다 빠져나가고

바람이 드나드는
저 빈자리

아들이 다녀간
오늘은 내내 빈자리 그것만 보였다

겨울길 따시게

고장 난 자명종

저 수탉이

아무래도 제정신이 아닌 게지

활갯짓하며 수시로 날아오르던

횃대 사라져

벼슬도 잃고 깃털마저 뽑혀

울화병이 도진 게지

배고픈 새끼들 꾸룩꾸룩

어미 품 파고들고

힘없는 암탉

초저녁부터 새끼들 품고

꾸벅꾸벅 조는데

줄줄이 거느린 식솔들

뜬눈으로 지키며

야심한 밤까지 꼭꼬오—

닭의 생목울음

아, 때를 모르는 저 수탉의

고장 난 자명종을 고쳐 주고 싶다

몰래 한 사랑

반야암 뜨락 배롱나무에
참매미 날아와 안긴다

슬쩍, 바람이 스쳐 갈 때 풍기는
배롱나무
고 아찔한 살 냄새에 취한 참매미
허물을 벗다 말고
아아, 사랑에 빠져 버렸는데

백 일도 지나지 않아
사라질 것을 아는 꽃잎들
제 사연 말 못하여 입을 꾹 다물고

환장할, 참말로 환장할 참매미
맴, 맴맴
배롱나무 붉은 치마 들추며
여름 내 사랑하자고 보챈다

인적 드문 반야암

뜨락의 풀도 흙도 돌도 아는 사실을

면벽 중인 스님만 아직 모른다고 하더라

털옷을 개다

털옷을 정리하다 보았다

가슴 언저리에 빨갛게 묻은

김칫국물 자국

누구와 밥을 먹다 흘린 얼룩일까

나도 모르게 국물을 흘리며

나는 또 무엇을 흘렸던 것일까

겨우내 가슴 따끔거리고 아렸던 것이

이 얼룩 때문이었던가

뜨거운 물에 담그면 오그라들고

찬물에 담그면 쉽게 지워지지 않아

푹푹 삶아 빨 수도 없는 털옷의 얼룩

미지근한 물에 담가 문지르니

명치끝에 통증이 치솟아 오른다

빈 의자로 남다

낡고 찌그러진 너는 텅 빈 채 앉아 있네. 나무판에 새겨진 물결무늬처럼, 동그란 상처의 무늬가 군데군데 새겨진 자리. 해진 인조 가죽 시트와 낡은 등받이, 등받이를 떠받치는 네 다리의 삐걱거림이 거기 사람이 앉았던 자리라고 알려 주는 곳. 얼마나 많은 사람들이 이 자리를 차지하려고 다투었을까. 용수철이 불쑥 튀어나온 시트에 앉아 오른쪽 왼쪽 팔걸이의 뜯겨 나간 살점을 가만히 만져 보네. 그리고 생각하네. 지금 내가 앉은 이 자리도 내 자리가 아니란 걸, 시간이 흐르면 주어질 너의 자리도 너의 자리가 아니란 걸, 끝끝내 그 어디도 오래 머물 자리는 아니란 걸

하얀 꽃 질 무렵

바람이 분다

복사꽃 배꽃 개망초
하얗게 무리 지어 핀 꽃들이
저마다 비명을 지르며 떨어져 내렸다

꽃잎 하나를 집어 손바닥에 올리고
한참을 들여다보았다

바람의 알을 머금고 있는
꽃의 입술이 움직였다

따뜻하지 않아도 아직은 살아 있는

그것을 햇살 잘 드는 화단 한 모퉁이에 묻어 주었다
그리고 땅속으로 피는 꽃잎을 상상했다

무수한 모퉁이를 돌아온 바람의 기억과

상처의 향기를 머금은 꽃의 씨앗들

속으로

어둡고 깊은 안으로

또 다른 씨앗에게로 건너가 새롭게 필

내일을 생각하며

꽃을 묻은 흙 위에 잎을 끌어다 이불처럼 덮어 주었다

중년을 앓다

주미화

빗발치듯 중년이 내게 와 박힌다
저격당한 무릎이, 팔꿈치가 따끔거린다
기상도 나도 감지하지 못한 이상기후
나른한 오후가 점점 위태로워지고 있다

주미화

경남 양산 출생. 《모던포엠》 등단. 시집 『밤길 걸어 너에게로 간다』.

E-mail: jumi511@hanmail.net

밤에 본 목련

어스름 저녁
가로등 불빛 옆에서
함박 웃고 있는 얼굴들

명암이 뚜렷한
액자 속 그림처럼
간결함이 녹아 있다

고즈넉한 밤길 걷다
가만히 눈 맞추다 보니
일상의 피로 풀리는 것 같다

위안과 격려가
되어 준 얼굴들이
조붓한 길을 비추며
자꾸만 환해지고 있다

겨울길 따시게

감기

반갑지 않은 손님이 찾아왔다

외면하려 했지만 미처 피하지 못했다

두통과 목의 염증까지 동반한 채

제집처럼 들어와 나갈 기미조차 없다

그 특유의 낯 두꺼움 지치지 않는

끈질긴 침투력에 절로 혀를 내두른다

이대로 맥없이 무너질 수 없는 나는

보유한 처방전과 주사 몇 대

이삼 일간의 투약으로 맞서 보기로 한다

서로가 면역이라는 전력을 구축하고

대치 국면에 선 자리

남은 내 의지력이 역전을 장담할 순 없지만

악연도 인연인데 함께한 시간

나를 키우는 힘이 되기도 한다

중년을 앓다

어제는 한파 오늘은 무더위
일상에도 이변은 일어나기 마련인지
굽 높은 신발과 멍청한 생각으로
두툼해진 내가 기우뚱 넘어졌다

빗발치듯 중년이 내게 와 박힌다
저격당한 무릎이, 팔꿈치가 따끔거린다
기상도 나도 감지하지 못한 이상기후
나른한 오후가 점점 위태로워지고 있다

폐가

주인을 잃은 집이 중심마저 잃고

털썩 주저앉았다

정체성을 잃은 것들은 연유를 불문하고

그 중심을 잃기 마련이다

잊혀진다는 것은 이처럼 몰골이 사납다

한때 가장 빛나고 소중한 순간을 벗어나면

불현듯 잊혀진다

전성기가 지나도 무너지지 않는

힘은 어디에서 나올까

인간과 노동이 사라진 시간은

얼마간 방치된 채 졸아들 것이다

생물이 살아 있어야 하듯

집이라는 구조물도 살아 있어야

제 몫을 다하는 것인가 보다

휴일 한낮

가족을 잃어버렸다

아이들은 블랙홀 같은
게임 속에 빠져들었고

남편은 TV 안으로
들어가 버렸다

모처럼 다 모여도
서로 눈 마주치기조차
어렵다

이럴 때는
비장의 무기
청소기를 꺼내 든다

잃어버린 것은 꼭

겨울길 따시게

청소할 때

나오는 법이니까

흉터

너로 인해 나를 본다

오랫동안 침전된 그리움

불쑥불쑥 부표처럼 떠오른다

싸늘하고도 감출 수도 없는 그 무엇이

박하사탕처럼 화하게 번져 온다

좀체 사그라들지 않는 소음처럼

귓가에서 웅웅거린다

아픔은 삭고 상처는 가라앉는다지만

내 안에서 넌 사라지지 않는다

찌들다 못해 문드러지는 애증이며

짊어지고 가야 할 짐이자

양식이 되어 버렸다

아픔이 표류하는 이곳이

차라리 내 사원이고 경전이다

나목

차가운 가지의 표면을 뚫고
뜨거운 피의 흐름을 살펴봐

곡선의 운율로 삭막한 허공을
수식하는 일에 동참한 나무의 결의

긴 겨울의 삭막함이 진부했을 뿐
그 어떤 기행의 발로는 아니었다

누구에게도 정의 되고 싶지 않은
나무의 일탈쯤으로 생각하면 그만이다

때론 입양한 눈꽃을 키우면서도
그 피돌기 멈추지 않는 것은

긴 면벽의 시간
견디어 내야 하기 때문이다

신흥사 있는 마을

한동안

불두화로 알고 지냈던 수국

신흥사 뜰 안 수북이 아로 새겨져 있다

흐르던 계곡 물줄기 곳곳

크고 작은 소(沼)들이

어머니 품 같이 따뜻했다

세상에 갇혀 안주해 버린 나도

바다의 깊은 바닥이 두려운 너도

낙동강 유유한 강물로 서성인다

먼바다로 간 연어는 기억하고 있을까

꿈속에서도 아련한 그 마을

영포리 절 안동네

겨울길 따시게

5월의 사과

값이 싸다고 사 온
씨알 굵은 사과
한입 베어 물었더니
가을 맛 물씬 풍긴다

저장된 사과가 용케도
지난가을 맛 잃지 않았다
어설픈 내 입맛도
사과 본연의 맛과 향기
고스란히 재현해 낸다

지난 계절을
소환해 낼 수 있는
내 기억 속의 보존 능력
선입관의 씨앗인지도 모를
이 무서운 저장의 힘